너로 인해 내 마음이
다독다독

길벗

깊은 산 속, 너른 잔디밭 위에 '슈앤트리'가 있어요.

슈앤트리는 무엇을 하는 곳이냐고요?

강아지 손님들의 미용에 관한 모든 것을

끊임없이 고민하고 생각하는 연구소이자 미용실이에요.

최상의 목욕 온도와 거품에 대해 연구하기도 하고요.

그래. 이 온도면
그동안 쌓였던 근육통이
한방에 풀리겠군.

음··· 좀 더 구름 같고
폭신폭신한 거품이 필요해.

이 손님에게 좀 더

찰떡인 컷을
찾아 내야 해!

최신 트렌드와 손님 취향에 맞춘 다양한 헤어 스타일도 고민합니다.

이런 끊임없는 연구와 노력으로
'이런 미용은 아무나 생각 못하겠지'라는
뿌듯함에 잠 못 이루고는 해요.

이제 일상 속 무거운 근심과 걱정은 잠시 내려놓고

저희의 이야기를 함께 해주실래요?

PART 01

DOG **STYLE**

천고마비의 계절이 오니
너는 털이 찌는구나

* 털 찐다 : 평소보다 털이 풍성해져 마치 살이 찌거나 덩치가
커진 것처럼 보이는 현상을 일컫는 표현이다.

저… 혹시 여기가
슈앤트리 맞나요?

네. 어서 오세요.
슈앤트리에 오신 걸 환영합니다.

혹시… 미용 가능할까요?
털은 어떻게 자르는 게
좋을지 모르겠어요. 따뜻한 물에
목욕도 하고 싶군요.

네. 그럼요!
목욕에 마사지까지 해드려요!
미용 스타일부터 쭉 보여 드릴테니
편히 골라 보세요.

"그래! 오늘 털 다이어트 할거야!"

SHU AND TREE
DOG STYLE

견종	성별	생일	SNS
포메라니안	**남**	**2016. 02. 28**	유튜브 '먼지야 놀자'

내 이름은 **먼지**예요.

미용 영상을 큐알코드로 확인하세요! ▶

"어디 한번 털옷을 벗어볼까!"

SHU AND TREE
DOG STYLE

견종
푸들

성별
남

생일
2019. 04. 24

내 이름은 **탄이**예요.

미용 영상을 큐알코드로 확인하세요! ▶

"내 시력을 되찾아주시오."

SHU AND TREE
DOG STYLE

견종	성별	생일	SNS
꼬똥 드 툴레아	**여**	**2019. 05. 23**	**@coton_bonggu_donggu**

내 이름은 **동구**예요.

미용 영상을 큐알코드로 확인하세요! ▶

내 이름은 **도비**예요.

견종	성별	생일
포메라니안	**남**	**2019. 06. 13**

"움직이는 인형 아닙니까?"

SHU AND TREE

내 이름은 **콜라**예요.

SHU AND TREE
DOG STYLE

견종	성별	생일	SNS
혼혈	**남**	**2018. 04. 15**	**@supercolaa**

"실버 버튼 받기 참 쉽더군요."

미용 영상을 큐알코드로 확인하세요! ▶

"청순한 배추도사 같은 너"

SHU AND TREE
DOG STYLE

견종 | 성별 | 생일 | SNS
말티즈 | **남** | **2018. 07. 14** | **@meringue._.boonew**

내 이름은 **분유**예요.

"선생님 파마 좀 풀어주세요."

SHU AND TREE
DOG STYLE

견종	성별	생일	SNS
푸들	여	2019. 03. 31	@candy_poodle

내 이름은 **사탕**이에요.

내 이름은 **코미**예요.

SHU AND TREE
DOG STYLE

견종   성별   생일   SNS
시츄   **여**   **2019. 07. 20**   **@komi.tzu**

"영상으로 제 꼬리콥터를 구경해보세요."

미용 영상을 큐알코드로 확인하세요! ▶

내 이름은 **토토**예요.

SHU AND TREE
DOG STYLE

견종   성별   생일
말티즈   **남**   **unknown**

"저... 시간 되시면 간식 같이 하실래요?"

SHU AND TREE

미용 영상을 큐알코드로 확인하세요! ▶

내 이름은 **로지**예요.

SHU AND TREE
DOG STYLE

견종   성별   생일   SNS
말티푸   **여**   **2018. 11. 22**   **@thanks_zzangfam**

"동글한 까만 콩 3개가 콕콕"

SHU AND TREE

미용 영상을 큐알코드로 확인하세요! ▶

"고단하신 멍멍행성의 댕댕박사님"

SHU AND TREE
DOG STYLE

견종	성별	생일
비숑	**여**	**2019. 01. 27**

내 이름은 **휴지**예요.

미용 영상을 큐알코드로 확인하세요! ▶

SHU AND TREE

내 이름은 **마루**예요.

SHU AND TREE
DOG STYLE

견종	성별	생일
시츄	**남**	**2011. 11. 12**

"역시 시츄는 똑단발이죠."

SHU AND TREE

내 이름은 **라딘**이에요.

SHU AND TREE
DOG STYLE

견종	성별	생일
포메라니안	**남**	**2018. 02. 01**

"내가 바로 왕귀염상인가?"

SHU AND TREE

미용 영상을 큐알코드로 확인하세요! ▶

내 이름은 **검은 콩**이에요.

36   **SHU AND TREE**
DOG STYLE

견종	성별	생일
치와와	**남**	**2018. 08. 05**

"산책 간다고 해놓고 미용이라니..."

미용 영상을 큐알코드로 확인하세요! ▶

내 이름은 **연지**예요.

SHU AND TREE
DOG STYLE

견종	성별	생일	SNS
비숑	**여**	**2019. 05. 29**	**@love_bori306**

"어디서 온 조랭이떡이니?"

내 이름은 **망고**예요.

SHU AND TREE
DOG STYLE

견종
혼혈

성별
여

생일
2018. 09. 12

SNS
@**mangohada** | 유튜브 '**망고하다**'

"과즙미 팡! 팡!"

내 이름은 **버키**예요.

SHU AND TREE
DOG STYLE

견종
포메라니안

성별
남

생일
2016. 10. 21

SNS
@bucky_merry_hey

"내가 바로 반려견 계의 배트맨이올시다."

SHU AND TREE

내 이름은 **마루**예요.

SHU AND TREE
DOG STYLE

견종	성별	생일	SNS
말티푸	**여**	**2019.01.05**	**@bucky_merry_hey**

"우유 가득 넣은 라떼 같은 너."

미용 영상을 큐알코드로 확인하세요! ▶

"우유 마시다 흘리셨어요?"

SHU AND TREE
DOG STYLE

견종   성별   생일   SNS
말티푸   **여**   **2018. 05. 27**   **@yoonn_nj**

내 이름은 **소금**이에요.

미용 영상을 큐알코드로 확인하세요! ▶

내 이름은 **앵두**예요.

견종   성별   생일
포메라니안   **여**   **2016. 02. 15**

"널 보자마자 심장이 아파."

미용 영상을 큐알코드로 확인하세요! ▶

SHU AND TREE

"내가 바로 척척박사 지식이오."

SHU AND TREE
DOG STYLE

견종	성별	생일	SNS
혼혈	**남**	**2019. 04. 26**	**@g6_knowledge**

내 이름은 **지식**이에요.

내 이름은 **유리**예요.

견종　　　성별　　　생일
포메라니안　　**여**　　**2016. 05. 29**

"유리 보다 투명하고 맑은 너!"

내 이름은 **라라**예요.

SHU AND TREE
DOG STYLE

견종   성별   생일
포메라니안   **여**   **2018. 01. 20**

"밤에는 엄마가 절 못찾아요."

미용 영상을 큐알코드로 확인하세요! ▶

"도사님은 수련 중"

견종 성별 생일
말티즈 **여** **2018. 11. 02**

내 이름은 **퀸**이에요.

미용 영상을 큐알코드로 확인하세요! ▶

"손님, 사자탈 벗을 시간입니다."

SHU AND TREE
DOG STYLE

견종　　　　성별　　생일
포메라니안　　남　　2019. 03. 16

내 이름은 **쵸코**예요.

미용 영상을 큐알코드로 확인하세요! ▶

SHU AND TREE

내 이름은 **바비**예요.

SHU AND TREE
DOG STYLE

견종	성별	생일	SNS
푸들	**남**	**2018. 07. 15**	**@jmxysg**

"거대 귀마개 장착!"

SHU AND TREE

미용 영상을 큐알코드로 확인하세요! ▶

우리 이름은 **더빱**, **뽀끔**이에요.

SHU AND TREE
DOG STYLE

견종	성별	생일	SNS
베들링턴 테리어	**남**(더빱), **여**(뽀끔)	**2019. 05. 30**	유튜브 '**신동댕동**'

"저희 아버지는 덮밥과 볶음밥을 좋아하시는 게 분명합니다!"

SHU AND TREE

미용 영상을 큐알코드로 확인하세요! ▶

"민들레 홀씨가 되어 날아갈 거예요."

SHU AND TREE
DOG STYLE

견종	성별	생일	SNS
비숑	남	2019. 07. 30	@doreo_o

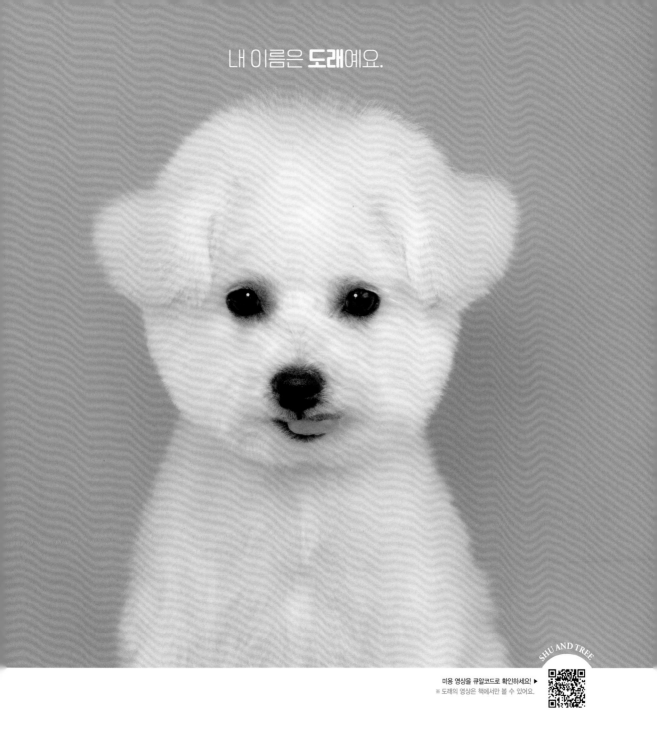

내 이름은 **도래**예요.

내 이름은 **봉이**예요.

SHU AND TREE
DOG STYLE

견종	성별	생일
요크셔테리어	**여**	**2017. 03. 14**

"봉이 공주님의 외출 준비 끝!"

내 이름은 **메리**예요.

견종	성별	생일	SNS
말티푸	**여**	**2019. 01. 10**	@y_ylololong

"순둥순둥한 우리 메리, 천사가 분명해."

SHU AND TREE.

미용 영상을 큐알코드로 확인하세요! ▶

내 이름은 **엘빈**이예요.

SHU AND TREE
DOG STYLE

견종	성별	생일	SNS
포메라니안	**남**	**2017. 04. 13**	**@ryumina27**

"뽀시래기와 북극곰 둘 다 해보겠습니다."

미용 영상을 큐알코드로 확인하세요! ▶

SHU AND TREE

내 이름은 **구름**이에요.

SHU AND TREE
DOG STYLE

견종　　　성별　　　생일
비숑　　**남**　　**unknown**

"이제 뭉게구름이 될 시간입니다."

SHU AND TREE

미용 영상을 큐알코드로 확인하세요! ▶

내 이름은 슈예요.

SHU AND TREE
DOG STYLE

견종	성별	생일	SNS
푸들	여	2014. 06. 05	@k.good_

"미용 끝났으니 이제 간식을 주시개."

SHU AND TREE

미용 영상을 큐알코드로 확인하세요! ▶

내 이름은 **제리**예요.

SHU AND TREE
DOG STYLE

견종	성별	생일	SNS
말티푸	**여**	**2019. 09. 21**	**@jerry.pppo**

"내 뿔을 돌려 놓으시개."

내 이름은 **신자두**예요.

SHU AND TREE
DOG STYLE

견종	성별	생일	SNS
페키니즈	**여**	**13년 겨울**	@**londonmasca**

"내가 바로 우리 아파트 아이돌이개."

SHU AND TREE

미용 영상을 큐알코드로 확인하세요! ▶

우리 이름은 **누리, 수담**이에요.

견종
비숑

성별
여(누리), **남**(수담)

생일
누리 **2017. 02. 10** | 수담 **2018. 04. 20**

"미용 후, 에어팟 부럽지 않은 선물을 받았다."

SHU AND TREE

미용 영상을 큐알코드로 확인하세요! ▶

내 이름은 **미미**예요.

SHU AND TREE
DOG STYLE

견종　　　　성별　　　　생일　　　　　SNS
말티푸　　**여**　　**2019. 07. 29**　　@daily_mimiiii

"후후... 난 반려견 계의 악명 높은 심장 폭행범!"

SHU AND TREE

내 이름은 **말랑**이에요.

SHU AND TREE
DOG STYLE

견종   성별   생일   SNS
말티즈   **여**   **2019. 06. 10**   유튜브 '**말티즈 말랑이**'

"당신의 심장을 말랑말랑하게 만들어주지!"

미용 영상을 큐알코드로 확인하세요! ▶

"마! 이게 바로 개-시크다."

SHU AND TREE
DOG STYLE

견종	성별	생일
슈나우저	남	2019. 03. 20

내 이름은 **프리첼**이에요.

SHU AND TREE

미용 영상을 큐알코드로 확인하세요! ▶

"하얀 눈처럼 희고도 깨끗한 솜사탕♪"

견종	성별	생일
포메라니안	**남**	**2019. 10. 12**

내 이름은 **치코**예요.

SHU AND TREE

미용 영상을 큐알코드로 확인하세요! ▶

"이게 바로 내추럴 보헤미안 스타일"

SHU AND TREE
DOG STYLE

견종	성별	생일	SNS
푸들	**여**	**2018. 05. 05**	**@suzy_silverpoodle**

내 이름은 **수지**예요.

미용 영상을 큐알코드로 확인하세요! ▶

내 이름은 **굿보이**예요.

SHU AND TREE
DOG STYLE

견종
혼혈

성별
남

생일
2019. 07. 01

SNS
@goodboystagram

"네가 기뻐하니 내가 참 흐뭇하구나."

SHU AND TREE

미용 영상을 큐알코드로 확인하세요! ▶

"나도 알아요. 내가 귀엽다는 거!"

SHU AND TREE
DOG STYLE

견종
푸들

성별
남

생일
2017. 08. 30

내 이름은 **노아**예요.

미용 영상을 큐알코드로 확인하세요! ▶

"내 그동안 얼굴이 작다는 걸 숨기고 살아왔개."

SHU AND TREE
DOG STYLE

견종	성별	생일
말티푸	**남**	**2019. 07. 05**

내 이름은 **밤이**에요.

미용 영상을 큐알코드로 확인하세요! ▶

※ 밤이의 영상은 책에서만 볼 수 있어요.

내 이름은 **아루**예요.

SHU AND TREE
DOG STYLE

견종	성별	생일
말티즈	**여**	**2018. 08. 05**

"저의 왕자님은 어디 계신가요?"

내 이름은 **연탄**이에요.

SHU AND TREE
DOG STYLE

견종	성별	생일
페키니즈	**여**	**2019. 10. 31**

"자꾸 그렇게 보면, 심장병 걸려요."

SHU AND TREE

미용 영상을 큐알코드로 확인하세요! ▶

내 이름은 **아부**예요.

견종	성별	생일	SNS
포메라니안	**남**	**2019. 05. 20**	**@moimoi.abu**

"내 포메 안기시개."

미용 영상을 큐알코드로 확인하세요! ▶

※ 아부의 영상은 책에서만 볼 수 있어요.

내 이름은 **나무**예요.

SHU AND TREE
DOG STYLE

견종	성별	생일	SNS
푸들	**남**	**2017. 03. 04**	**@k.good_**

"꼬질이 나무에서 빵상뿡상 나무로 변신!"

내 이름은 **떼기**예요.

SHU AND TREE
DOG STYLE

견종	성별	생일
푸들	여	2014. 07. 29

"저도 어엿한 숙녀랍니다."

미용 영상을 큐알코드로 확인하세요! ▶

내 이름은 **아구**에요.

SHU AND TREE
DOG STYLE

견종	성별	생일
푸들	**여**	**2019. 09. 15**

"난 더 이상 애기가 아니에요!"

SHU AND TREE

미용 영상을 큐알코드로 확인하세요! ▶

※ 아구의 영상은 책에서만 볼 수 있어요.

내 이름은 **쮸리**예요.

견종   성별   생일
혼혈   **남**   **2019. 10. 31**

"어른이 되면 아이라인 진하게 그릴 거예요."

SHU AND TREE

미용 영상을 큐알코드로 확인하세요! ▶

PART 02

PART 02

DOG GROOMING

내 심장을 너무나 쉽게
강탈해간 댕댕, 멍멍, 댕댕아

* **댕댕이** : '멍멍이'의 '멍멍'에 모양이 비슷한 '댕댕'을 넣어 만든
신조어. 비슷한 신조어로는 '커엽다(귀엽다)', '띵곡(명곡)'등이 있다.

♫ 흔들리는 꽃들 속에서
네 샴푸 향이 느껴진 거야~

앗 손님!
이렇게 찬 바닥에서
주무시면 안됩니다.

어이쿠! 목욕을 하니
몸이 아주 노곤노곤해서
저도 모르게 깜빡 잠들었네요.
죄송해요.

몸도 마음도 편해져서 그런 거겠지요.
이제 저희한테 다 맡기시고 편히 계시면
곰돌이 컷을 시작하도록 하겠습니다.

침대 맛집

역시 침대는
미용사의 무릎 위가
최고로구나

.
.
.

SHU AND TREE
DOG GROOMING

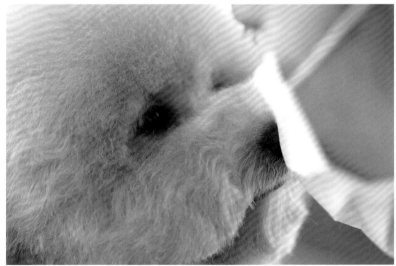

SHU AND TREE
DOG GROOMING

SHU AND TREE
DOG GROOMING

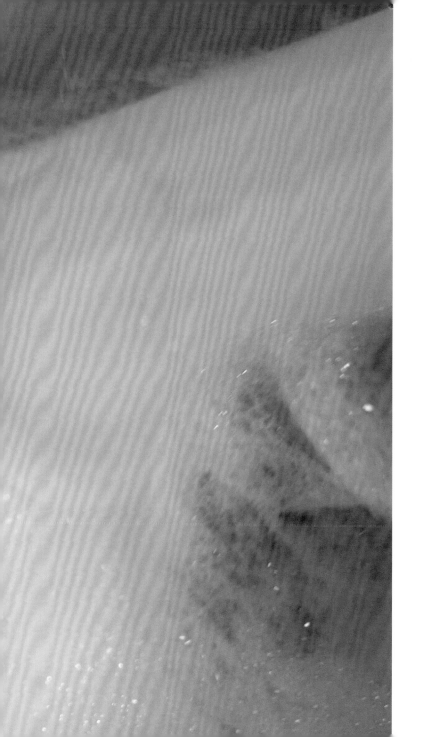

물아일체

거품이 곧 나이고
내가 곧 거품이로세

　.
　.
　.

SHU AND TREE
DOG GROOMING

달콤한 견생

내 이 목욕을
절대 잊지 않을게야!
넌 나에게
목욕감을 줬어

.
.
.

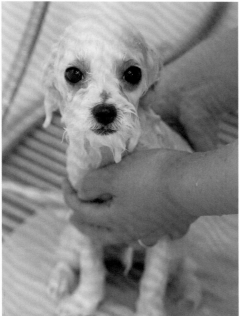

SHU AND TREE
DOG GROOMING

누구냐 넌

파리와
눈싸움 중
·
·
·

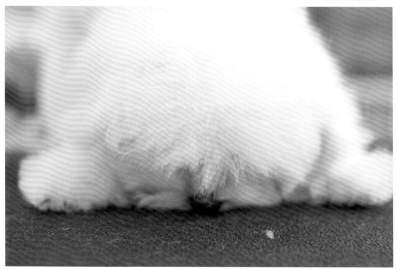

SHU AND TREE
DOG GROOMING

SHU AND TREE
DOG GROOMING

털포자기

털과 함께
포기하게 되는
내 자신
·
·
·

SHU AND TREE
DOG GROOMING

V
L
O
G

안 본 사람은 있어도
한 번만 본 사람은
없다는 내 브이로그
시청 중

.

.

.

SHU AND TREE
DOG GROOMING

나는 양이다

난 오늘도
엄마의 창작혼을
불태우기 위한
뮤즈가 된다

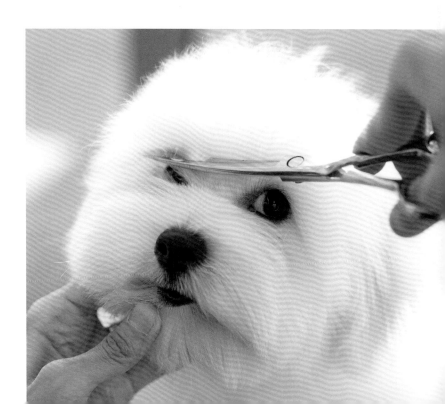

욕조 끝에서

어제 미용실을 지나다
단장하러 잠시 욕조 끝에 섰네

텅 빈 미용실엔 모르는 털만 쌓여있고
시야는 흐릿한데 당신의 뒷모습은 선명하네

유리창 너머 손을 흔들던 당신은
돌아오지 않으니
어디서 누구와 무얼 하며 노니는가
설령 다른 털에 바지 끝을 스치고 있진 않는가

욕조 가장자리 겨우 붙들어
그리움을 참노라니

미용 선생은 오늘도 바쁘고
그녀의 가위질 소리는 절로 커지네

SHU AND TREE
DOG GROOMING

흡족한 마음

역시 거품은
솜사탕 거품이
최고지

.
.
.

버
블
버
블

뭐하러 목욕을 해
너희 어차피 거품이잖아
언빌리'버블'

.
.
.

SHU AND TREE
DOG GROOMING

SHU AND TREE
DOG GROOMING

SHU AND TREE
DOG GROOMING

세
상

유
연

첫 미용답지 않은
완벽한 다리 찢기를
보여드리죠

.
.
.

SHU AND TREE
DOG GROOMING

PART 03

DOG **LOVELY**

넌 내게로 와서, 작고 소중한
하나의 뽀시래기가 되었다

* **뽀시래기** : '부스러기'를 이르는 전라도 지방의 사투리. 작고 귀여운
강아지의 매력을 '부스러기'에 비유하여 자주 사용되는 단어이다.

앗! 저 손님견은 누구지?

너무 멋있어…

왠지 이곳의 단골이
될 것 같은 느낌이군요.
모든 것이 편안하고
상쾌합니다. 하하하하.

성격까지 저렇게 호탕하다니…
저 말랑한 발바닥, 오동통한 엉덩이,
오똑한 코, 촉촉한 혀까지…
너무 매력적이야. 어떡하지.
나 사랑에 빠진 것 같아.

자 이제, 곰돌이 컷 완성입니다!

마음에 드시나요?

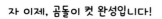

마음에 쏙 들어요!

다음에 또 올게요.

앗! 그가 벌써 떠난다니!!

그의 매력을 계속 보고 싶은데...

01

눈·코·입

EYES · NOSE · LIPS

눈
부
시
개

거참,

미용하기

좋은 날씨구만

.

.

.

SHU AND TREE
DOG LOVELY

SHU AND TREE
DOG LOVELY

SHU AND TREE
DOG LOVELY

SHU AND TREE
DOG LOVELY

**철
컹
철
컹**

당신을

너무나 귀여운 죄와

상습 심장 폭행 죄로

체포합니다

．
　．
　　．

SHU AND TREE
DOG LOVELY

SHU AND TREE
DOG LOVELY

맹수의 위엄

내가 바로
밀림의 왕 사자다!
으르렁 으르렁

SHU AND TREE
DOG LOVELY

나의 그대

그대만 보면
내 심장이 뛰어요.
누구에게도 당신을
빼앗길 수 없어요.
당신은 내 전부, 내 사랑
그대의 이름은

.

.

.

공

SHU AND TREE
DOG LOVELY

소복소복

엄마 제 머리 위에만
눈이 내리고 있나요
Hoxy?

.
.
.

02

혀

TONGUE

샤
르
르
르

그거 알아?
초콜릿 공장이 다
망하고 있대.
네 미소에
다 녹아버려서

.

.

.

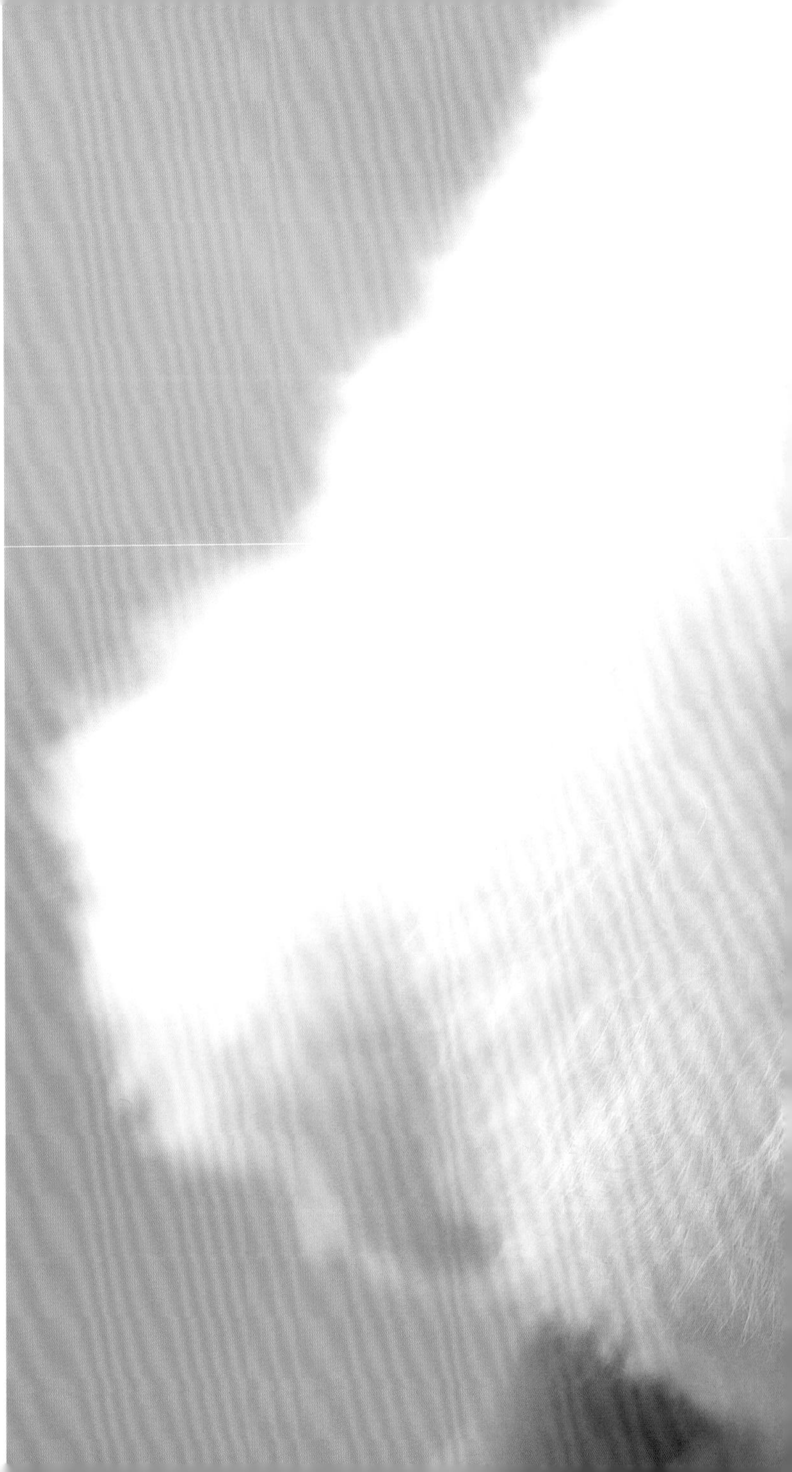

SHU AND TREE
DOG LOVELY

SHU AND TREE
DOG LOVELY

SHU AND TREE
DOG LOVELY

SHU AND TREE
DOG LOVELY

SHU AND TREE
DOG LOVELY

03

털

FUR

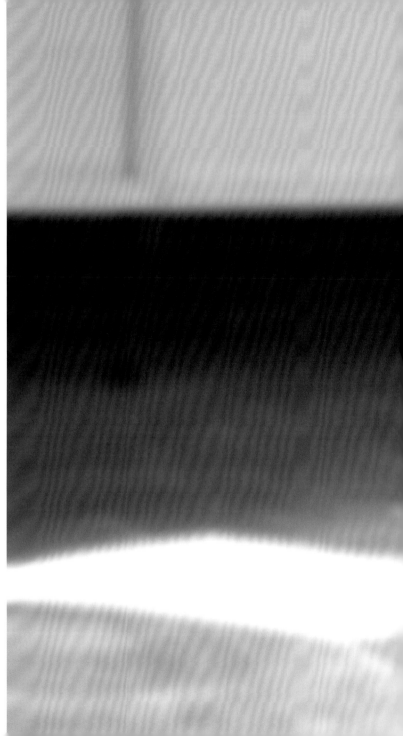

따
뜻
하
개

미용 전 일광욕은
필수 코스!
내 털의 보송함을
절대 놓치지 않을 것이개
.
.
.

어
두
컴
컴

분명 맑은 하늘이었는데
어느새 먹구름이 몰려와
내 눈앞을 가리는구나

　SHU AND TREE
DOG LOVELY

저
기
요

선생님
여기서 주무시면
안됩니다

.

.

.

SHU AND TREE
DOG LOVELY

SHU AND TREE
DOG LOVELY

여
보
시
오

거기 누구 없소
왜 갑자기
정전이 된 것이오

SHU AND TREE
DOG LOVELY

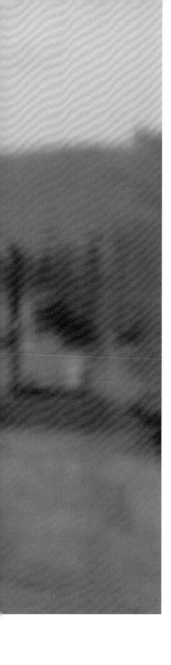

양
아
지

이곳은
대관령 양떼 목장이
아닙니다
.
.
.

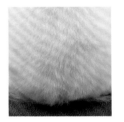 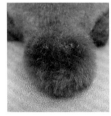  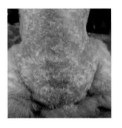 

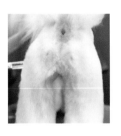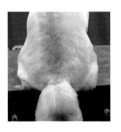

04

엉덩이

R U M P

궁
디
팡
팡

중독되니까
내 궁디에
손도 대지 말아요
.
.
.

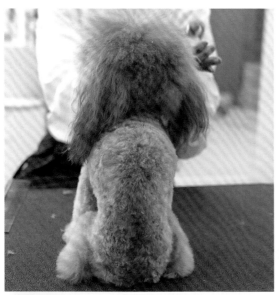
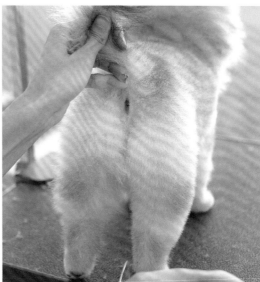

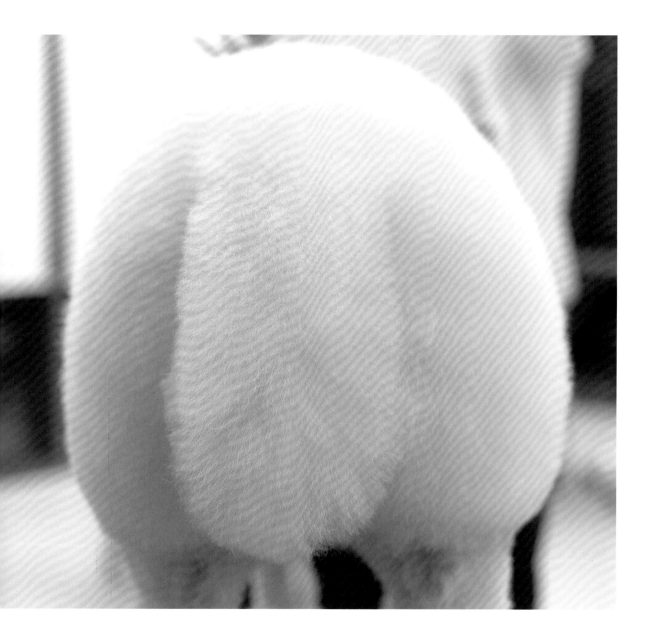

SHU AND TREE
DOG LOVELY

SHU AND TREE
DOG LOVELY

애
플
힙

스쿼트 100개는

기본이개

.

.

.

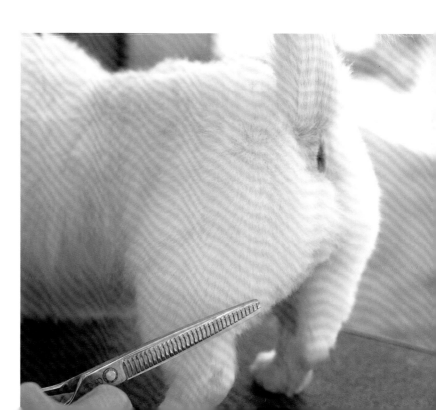

SHU AND TREE
DOG LOVELY

SHU AND TREE
DOG LOVELY

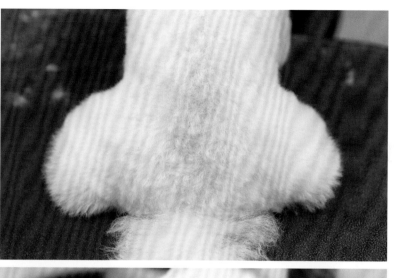

05

발

FOOT

꾸
벅
꾸
벅

눈은 감았지만
잠은 자지 않았다

.

.

.

SHU AND TREE
DOG LOVELY

SHU AND TREE
DOG LOVELY

신사의 양말

역시 패션의 완성은

흰 양말이지

.
.
.

SHU AND TREE
DOG LOVELY

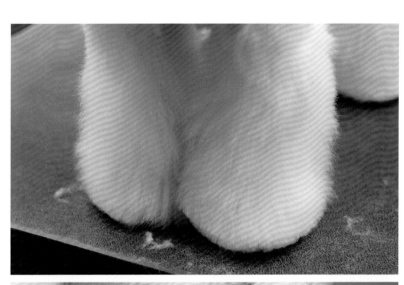

SHU AND TREE
DOG LOVELY

고
소
고
소

내 발이 치토스 같다고
자꾸 와랄랄라 하지 말개

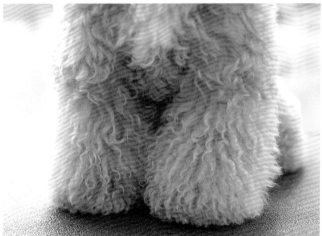
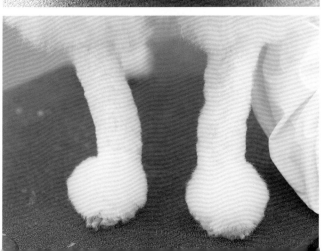

낯선 사람

엄마가
모르는 사람한테
손 주지 말랬어요!

.
.
.

자, 저희 슈앤트리의 이야기를 재미있게 보셨나요?

마지막으로 강아지 손님들의 미용에 대해

드릴 말씀이 있어요.

세 가지만 지켜주시면 모두가 행복하고 편안한 시간이 될 거예요.

첫 번째, 털이 엉키지 않게 평소에
빗질을 자주 해주세요.
털이 엉키면 피부에 자극을 주고 미용도
더 어려워져요. 사람의 머리카락을 당기면
두피가 너무 아픈 것과 마찬가지랍니다.

두 번째, 미용 전에 강아지의 특이사항(수술
이력, 특이 행동, 싫어하는 부위, 아픈 부위)을
꼭 상세히 말해주세요. 예쁜 미용도 좋지만
강아지의 안전이 최우선입니다.

세 번째, 강아지가 싫어하는 부위는

억지로 미용하지 마세요.

미용에 대해 안 좋은 기억만 심어줄 수 있어요.

특히 강아지 발의 털을 피부가 다 보이도록 밀지 마세요.

발톱 하나 자르는 것도 스트레스인 강아지에게

더욱 큰 스트레스가 된답니다.

그리고 치료용을 제외하고는 털을

거의 남기지 않는 일명 '빡빡이' 미용을 하지 마세요.

털이 거의 남지 않는 정도가 되면 강아지는

마치 벌거벗은 느낌이 들고 온도 차가 커져서

스트레스가 심해집니다.

강아지의 행복하고 편안한 미용을 위해서는

가족의 노력이 필요하답니다.

저희 슈앤트리의 이야기를 끝까지 들어주셔서 고맙습니다.

강아지와 함께 행복한 일상 보내세요.

author's note

저희가 느끼는
힐링과 작은 행복을
독자 여러분들께도
고스란히
전하고 싶었어요.

언제부터인가 사람들 사이에서 '힐링'이라는 단어가 유행했어요. 지치고 반복되는 일상 속에서 나 자신을 위한 시간의 가치가 점점 커지고 있기 때문이겠죠. 이어서 '소확행(소소하지만 확실한 행복)'이라는 단어도 유행하기 시작했어요. 맛있는 음식을 먹는 것, 침대에 누워 아무것도 안 하는 것, 작은 화분을 기르는 것 등등. 우리는 개개인의 치유와 소소한 일탈에 행복을 느끼고 있어요.

저희는 슈앤트리를 통해 이런 힐링과 소확행이 먼 곳에 있지 않다는 걸 알게 되었고 이 책을 통해 독자 여러분들과 함께 그 행복을 공유하고 싶었어요. 보기만 해도 귀여운 아이들의 미용 전후 반전 매력, 미용 중의 사랑스러운 모습들, 까도 까도 나오는 매력 포인트 등. 저희가 느끼는 힐링과 작은 행복을 독자 여러분들께도 고스란히 전하고 싶었어요. 책을 보면서 입가에 작은 미소가 번진다면 저희가 전한 선물이 여러분에게 정확하게 전달된 거예요. 저희와 함께 해주셔서 감사합니다.

슈앤트리의 김현진, 김종은

spacial thanks to

출판을 준비하면서 부족한 저희에게 도움을 주신 모든 분들에게 감사의 인사를 전합니다. 늘 우리를 진심으로 응원하는 사랑하는 가족들, 항상 좋은 기운만 불어 넣어 주는 친구들, 슈앤트리를 믿고 방문해 주시는 모든 보호자님과 강아지 친구들, 방문한 강아지들을 항상 따뜻하게 대해 주는 슈앤트리 미용 선생님들, 출판에 첫발을 떼게 도와준 길벗출판사, 부족한 책에 생기를 넣어 주신 방혜수 에디터님. 그리고 항상 우리에게 큰 행복을 선물하는 슈와 나무에게 감사함을 전합니다.

editor's note

지금의 우리를
가만히 다독거려주는
따스한 책이
되길 바랍니다.

아이들의 수많은 사진을 보고 또 보고 고민하며 글을 쓰고 만들었습니다. 지금까지 많은 책을 만들었지만 작업 과정에서부터 이렇게 행복한 책은 처음이었어요. 이런 저의 감정을 공유하며, 지금의 우리를 가만히 다독거려주는 따스한 책이 되길 바랍니다.

이런 행복을 느끼게 해주신 슈앤트리의 김현진 대표님과 김좋은 원장님, 이 책의 첫 번째 독자가 되어준 우리 팀 식구들, 항상 완벽한 디자인만 뽑아 주시는 박찬진 디자이너님과 우리 집 대장 짱구에게 감사함을 전합니다.

에디터 방혜수

designer's note

거울 속에서 계속
미소 짓고 있는
저를 보게 됐어요.

우선 이렇게 따뜻한 책을 함께 작업하자며 손 내밀어 준 길벗 최고 미녀 방혜수 에디터님에게 감사 인사드려요. 작업할 때 거울을 모니터 앞에 두고 하는데 이 책을 작업하면서 거울 속에서 계속 미소 짓고 있는 저를 보게 됐어요.

보기만 해도 힐링이 되는 아이들... 반려견은 신이 인간에게 준 최고의 축복이에요. 많은 분들이 이 책을 보시고 힐링과 작은 행복을 느끼셨으면 좋겠어요.

디자이너 박찬진

너로 인해 내 마음이
다독다독

초판 발행 · 2020년 7월 7일

지은이 · 슈앤트리(김현진, 김좋은)
발행인 · 이종원
발행처 · (주)도서출판 길벗
출판사 등록일 · 1990년 12월 24일
주소 · 서울시 마포구 월드컵로 10길 56(서교동)
대표전화 · 02)332-0931 | **팩스** · 02)323-0586
홈페이지 · www.gilbut.co.kr | **이메일** · gilbut@gilbut.co.kr

편집 팀장 · 민보람 | **기획 및 책임편집** · 방혜수(hyesu@gilbut.co.kr) | **제작** · 이준호, 손일순, 이진혁
영업마케팅 · 한준희 | **웹마케팅** · 이정, 김진영 | **영업관리** · 김명자 | **독자지원** · 송혜란, 홍혜진

디자인 · 박찬진 | **CTP 출력 · 인쇄 · 제본** · 상지사

ⓒ 슈앤트리

ISBN 979-11-6521-200-1(03810)
(길벗 도서번호 020136)

정가 19,800원

독자의 1초까지 아껴주는 정성 길벗출판사

길벗 | IT실용서, IT/일반 수험서, IT전문서, 경제실용서, 취미실용서, 건강실용서, 자녀교육서
더퀘스트 | 인문교양서, 비즈니스서
길벗이지톡 | 어학단행본, 어학수험서
길벗스쿨 | 국어학습서, 수학학습서, 유아학습서, 어학학습서, 어린이교양서, 교과서

페이스북 **www.facebook.com/travelgilbut** | 트위터 **www.twitter.com/travelgilbut**